I0550927

EXTRAIT DU COMPTE RENDU

DES ASSISES DE BLOIS.

PLAIDOYER

DE

M^E HENNEQUIN.

51

4736

COUR D'ASSISES DE BLOIS.

SESSION EXTRAORDINAIRE.

AUDIENCES DES 13 ET 14 DÉCEMBRE 1832.

PLAIDOYER

DE

M. HENNEQUIN,

AVOCAT A PARIS,

POUR

M. LE VICOMTE SIOCHAN DE KERSABIEC,

COLONEL EN RÉFORME,

ET M. GUILLORÉ,

ACCUSÉS D'ATTENTAT ET DE COMPLOT CONTRE LA SURETÉ
INTÉRIEURE DE L'ÉTAT.

ACQ. 42,644
HENNEQUIN

BLOIS,

IMPRIMERIE DE E. DÉZAIRS.

1832.

PLAIDOYER

DE

M. HENNEQUIN,

AVOCAT A PARIS,

POUR

M. LE VICOMTE SIOCHAN DE KERSABIEC, COLONEL EN RÉFORME,

ET M. GUILLORÉ,

ACCUSÉS D'ATTENTAT ET DE COMPLOT CONTRE LA SURETÉ INTÉRIEURE
DE L'ÉTAT.

———— ◆ ————

MESSIEURS LES JURÉS,

Au moment où vous avez pris place dans cette enceinte,
au moment où vous êtes entrés dans cette atmosphère de
puissance souveraine, mais aussi de responsabilité redoutable dont la loi vous environne, une pensée a dû s'offrir
à vous. Si, avez-vous dit : Les hommes qui sont devant nous
sont des hommes de vérité ; si, dans les faits dont on les

accuse ils ont suivi l'impulsion d'une conviction sincère, profonde, irrésistible; si, par volonté ou par fortune, ils se sont abstenus de toute violence; si, dans les scènes de désolation dont la Vendée a été le théâtre, ils ne se sont trouvés les agents ni les provocateurs d'aucun désastre, notre bienveillance leur est acquise, et nous ferons des vœux pour que les exigences du débat et de la discussion ne nous contraignent pas à la nécessité d'appeler sur eux les sévérités d'une législation redoutable?

Ces conditions sont aujourd'hui réalisées, et vous portez, j'en suis sûr, des regards favorables sur le banc des accusés. Mais est-ce donc là le seul résultat du drame qui, depuis deux jours, se déroule sous vos yeux?

La question ne s'est-elle pas posée pour vous? et à la place du complot, des préparatifs et de l'attentat, n'avez-vous pas vu s'offrir à vos méditations cette question si facile à résoudre? Est-ce donc un crime de lèse-majesté que de s'approcher d'un mouvement politique pour l'observer, pour en reconnaître les projets et l'importance? C'est là tout le crime de mes deux clients, et lorsque j'aurai retracé leur foi politique, vous serez convaincus que leur conduite, restée innocente aux yeux de la loi criminelle, leur était imposée par tous les genres de convictions et de convenances. Toutefois, ne craignez pas de vous voir entraînés dans des thèses politiques, qu'il ne faut pas sans doute vous soumettre, puisque vous n'avez pas reçu mission de les juger. Je ne dois pas, je le sais, vous parler de mes sympathies, puisque je suis certain que dans le moment suprême vous ne consulterez pas les vôtres. Je sais qu'ici l'homme doit mourir au fonctionnaire; que nos opinions doivent s'absorber dans nos devoirs; je sais que le temple de la justice s'élève sur un terrain neutre, et que si, dans cette France, agitée depuis quarante ans par tant de passions et de systèmes, il existe des hommes de toutes les écoles, de tous les souvenirs et de toutes les espérances, ici, dans cette enceinte, il ne doit plus se trouver que des magistrats, que des jurés, que des défenseurs.

Il serait d'autant plus injuste de demander compte aux hommes des sentiments qui président aux actions de leur vie, que ces sentiments leur sont habituellement inspirés par la naissance, par l'éducation, par les circonstances même au milieu desquelles se sont écoulées leurs premières années.

Cette réflexion, que mes deux clients peuvent également revendiquer, je l'applique d'abord à M. de Kersabiec.

M. de Kersabiec appartient à cette noblesse militaire qui professe pour maxime que l'amour de la patrie, le dévouement à la personne du monarque, ne forment qu'un seul et même sentiment; que servir l'un c'est servir l'autre; que le véritable honneur consiste dans un dévouement sans bornes, sans réserve et sans condition, à la personne du prince, et qu'abandonner un seul instant sa cause c'est dégénérer.

Dieu et le Roi, voilà le résumé des enseignements qu'il a recueillis dans l'histoire du comte de Siochan de Kersabiec son père, chef d'escadre, dont le nom est honorablement inscrit dans les annales de la marine française.

Si les convictions monarchiques et religieuses, dont M. de Kersabiec s'est pénétré dès ses plus jeunes années, pouvaient jamais être considérées comme des crimes, il faudrait dire qu'une grande séduction attendait son adolescence. C'est aux bontés de Louis XVI, de ce prince dont on ne prononce pas le nom sans émotion, qu'il dut d'entrer d'abord à l'école militaire de Pont-le-Voy, puis à celle de Paris; et vous pouvez comprendre quel empire acquéraient sur cette ame ouverte à toutes les inspirations géné-

reuses des sentiments naturels à sa famille, et qui se for-
tifiaient de toute la puissance de l'admiration et de la re-
connaissance.

En 1785, le jeune vicomte de Kersabiec fut nommé sous-
lieutenant au régiment de Bretagne, infanterie : il était
lieutenant-colonel de cavalerie lorsque la révolution éclata.

Il n'est jamais juste de demander compte à un homme
de ce qui fut l'impulsion, le préjugé, et, si l'on veut,
l'erreur de sa caste ou de son époque. Je n'examinerai
donc pas ce que pouvait alors pour le bien du pays la
noblesse signalée comme une puissance ennemie aux populations nombreuses et soulevées qui la pressaient de toutes parts ; mais je dirai que M. de Kersabiec, engagé par
une gratitude toute personnelle à la cause de son roi, a pu
penser que l'honneur avait marqué sa place dans l'armée
des princes, et M. de Kersabiec ne fut jamais sourd à la
voix de l'honneur, toutes les fois qu'il crut la reconnaître.
Je dirai aussi que sur le territoire étranger il sut honorer
le nom français par son courageux dévouement à la cause
qu'il avait embrassée.

Cette cause semblait à jamais perdue quand, par un de ces
retours de fortune dont l'histoire est remplie, Louis XVIII,
après vingt-cinq ans d'exil, vit le palais de ses aïeux s'ou-
vrir devant lui.

M. de Kersabiec retrouva sa patrie.

Mais bientôt une révolution militaire, et toute d'enthousiasme, appela M. de Kersabiec à de nouveaux dangers.

Les écrivains qui condamnent l'émigration avec rigueur
comprennent la Vendée, et savent même tresser des cou-
ronnes pour les *Cathelineau*, les *Lescure*, et les *Larocheja-
quelain*, et d'ailleurs, en 1815, la constitution était évidem-
ment attaquée par une invasion rapide, prestigieuse, mais
qu'il était cependant difficile de justifier, et l'on ne peut
à présent faire un crime à la Vendée de ses efforts, que

quatorze années d'une seconde restauration ont ratifiés. Je dois ici rendre hommage à M. l'avocat du roi, qui a senti qu'il ne pouvait pas placer les souvenirs de 1815 au nombre des arguments de l'accusation.

Le principe qui dominait alors dans le droit public de la France était précisément celui que M. de Kersabiec avait révéré toute sa vie (1). Il lui était donc permis de persister dans les convictions politiques, et les adresses périodiques des deux chambres ne pouvaient que le confirmer dans l'amour des doctrines pour lesquelles il avait combattu.

M. de Kersabiec, qui reçut le grade de colonel, et à qui fut d'abord confié le commandement de la légion de l'Orne, fit toujours partie de l'état-major-général de l'armée ; il reçut et remplit plusieurs missions : en diverses circonstances il commanda, comme le plus ancien officier, les départements où il résidait ; et c'est ainsi que, quoique en réforme, il conserva une sorte d'habitude militaire qui convient à ses goûts.

Qu'il me soit permis de contempler un moment avec vous M. de Kersabiec dans cette période heureuse pour lui, et qui fut aussi un temps de prospérité pour la France ; de vous le montrer au milieu de sa famille, cette seconde gloire de sa vie.

Stylite de Kersabiec, sa fille aînée, que la perte d'une mère pieuse et justement adorée avait appelée de bonne heure au soin de diriger la famille, n'avait pu trouver dans ces soins même un aliment suffisant à l'activité de son âme ; placée à la tête d'une association dont le but est d'éle-

---

(1) La Charte, d'après le préambule, dont ont a constaté toute la portée en le retranchant, n'était qu'une émanation de l'autorité royale. Le chancelier Dambray l'avait présenté à la France, comme *une ordonnance de réformation.*

ver et d'établir les enfants de la classe indigente, elle avait su donner à cette bonne œuvre des accroissements remarquables. Elle et trois de ses sœurs étaient aussi devenues la providence des prisonniers. La prison de Mende fut visitée par elles en 1829, et conserve le souvenir de leurs bienfaits. Il semblait que, par une sorte de prévoyance toute filiale, mesdemoiselles de Kersabiec éprouvaient le besoin d'enseigner par leur exemple à défendre, à soigner, à consoler ceux qui se trouvent dans les fers.

Je n'ai pas le projet de vous offrir la biographie de chacun des membres de cette admirable famille ; mais je veux justifier un mot qui fut prononcé dans le conseil de guerre, et montrer aussi qu'il faut de l'indulgence pour des principes qui sont la source de si grandes vertus.

En 1827, et c'est un détail que vous devez connaître, des arrangements furent pris dans la famille : M. de Kersabiec abandonne à ses enfants la Marionnière, et vient habiter Nantes. Il visita quelquefois cette campagne où il était reçu comme un hôte chéri et révéré.

La révolution de juillet éclata, et je ne retracerais pas dans sa vérité l'impression douloureuse dont M. de Kersabiec fut pénétré, si je m'abandonnais à des dissertations sur l'inviolabité royale et sur la responsabilité ministérielle. La douleur de M. de Kersabiec ne fut probablement ni si raisonneuse ni si calculée. Il avait suivi ses princes dans l'exil ; il avait donné d'abondantes larmes au martyre de ce digne fils de saint Louis qui fut le protecteur de sa jeunesse ; les perturbations de 1815 avaient déchiré son âme : et voilà que, pour la troisième fois, l'abîme se rouvrait sous ses yeux, et que sa vieillesse se trouvait condamnée à d'impuissantes douleurs. C'est là, messieurs, ce qui se passa dans son âme, à la nouvelle de ces grands événemens. Toute dissertation dont le résultat serait de vous offrir l'appréciation morale de la révolution de juillet pourrait bien renfermer l'opinion du défenseur, mais ne serait plus l'expression du sentiment de celui-là qui, seul, doit occuper vos attentions.

M. de Kersabiec, qui n'était assurément plus l'homme de 1789, n'était même plus celui de 1815; il comprit la nécessité de la résignation; et je dois ici rendre hommage à ce qu'il y a de loyal dans l'arrêt de renvoi. Après avoir parlé d'un complot dont l'origine remontait à la fondation même du nouveau gouvernement; après avoir dit que dès le commencement de 1832 ce complot avait fermenté et s'était entouré de manœuvres, de préparatifs et de machinations, les rédacteurs de l'arrêt de renvoi ajoutent : « Il convient de dire que l'instruction ne fournit aucune preuve *écrite* ou *testimoniale* que M. de Kersabiec ait personnellement agi avant le samedi 2 juin. » Il nous sera peut-être possible de reconnaître dans la discussion, que l'âge, que les habitudes de M. de Kersabiec, que la nature de son esprit, ne permettaient pas qu'il en fût autrement.

Cependant une grande nouvelle se répand dans la Vendée, et vous avez compris l'inévitable impression que cette nouvelle a dû produire sur un vieux gentilhomme dont toute la vie n'avait été qu'un perpétuel sacrifice à la monarchie. On savait, il était devenu de notoriété publique, et l'autorité avait même pris ses mesures en conséquence; on savait, dis-je, qu'un rassemblement de légitimistes devait avoir lieu le 3 juin à la Hautière; et il faut ici réfléchir sur les principes qui fondent l'existence et l'avenir des sociétés civilisées.

L'hérédité et l'inviolabilité monarchiques sont écrites dans la plupart des constitutions de l'Europe. La Russie, avec ses morts prématurées; l'Angleterre, avec ses libertés tumultueuses, reconnaissent ce double principe qui fait la prospérité des peuples de l'Allemagne et d'une partie de ceux de l'Italie. C'est même au nom de ce double

principe que nous combattons en Portugal. Eh bien ! la légitimité, tant célébrée pendant quinze ans par tous les partis, ne pouvait-elle pas avoir aussi son jour de victoire ?
Il était possible que le nom de Henri V, proclamé par une
masse imposante et armée, produisît les effets de l'étincelle
électrique ; que les populations accourues à de beaux souvenirs historiques, et au souvenir plus récent d'une grande
prospérité, vinssent transformer ce qui n'aurait plus été
qu'une insurrection d'un moment en une marche triom-
phale. Ce nouveau changement n'était peut-être pas destiné
à rencontrer de grands obstacles. Comment donc l'ancien
élève de l'école militaire se serait-il refusé à l'honneur de
concourir par sa présence à de si grands événements ?

On conçoit très bien qu'un mouvement de cette nature
pouvait se réaliser et changer tout à coup la face des af-
faires ; et l'on ne fera sans doute un crime à personne du
soin de s'enquérir, de s'informer. Je reste ici dans la sim-
plicité de la déclaration de M. de Kersabiec ; *il a su qu'il
y avait une réunion, il a voulu savoir ce que ce pouvait
être ; il l'a fait.* La franchise serait bannie de France, si
l'on ne pouvait avouer ses opinions politiques avec toute
liberté, si l'on ne pouvait dire que l'on a été jusqu'au point
où se rencontrent les prohibitions de la loi, et la législation
même a prévu l'hypothèse qui nous occupe en en faisant
une distinction entre ceux qui font *partie* d'un rassemblement et ceux qui, *quoique présents*; n'en font pas *moralement partie ;* ce sera tout à l'heure l'objet de la discussion ; maintenant nous n'examinons que les faits.

Il y avait donc rendez-vous à la Hautière ; et M. de Kersabiec a pu y aller ; il a même dû y aller pour savoir ce qui
s'y passait: « Mais, dit-on, pourquoi prendre des armes ? »
Parce que c'était dans les habitudes de toute sa vie, et d'ailleurs, comme il vous l'a dit lui-même, pour sa sûreté personnelle. « Mais, dit-on, pourquoi deux paires de pisto-

lets ? » Mais ces deux paires de pistolets n'en font réellement qu'une seule ; car l'une des deux fait partie de l'arnachement du cheval, et si M. de Kersabiec est forcé de quitter son cheval, il faut qu'il conserve sur lui les moyens de se faire respecter. « Mais, dit-on encore, pourquoi de l'argent ? pourquoi une carte de Cassini ? » Je vais vous le dire : M. de Kersabiec va à un rassemblement pour délibérer avec lui-même, pour savoir ce qu'il doit faire, et alors toutes ces prévisions s'expliquent. Il a pris une carte, de l'argent, pour avoir les moyens de se jeter dans le parti qui lui semblerait convenable.

C'est ainsi que M. de Kersabiec a compris le rassemblement de la Hautière, et il a le droit de commander la confiance sur cette première partie de l'accusation, qui ne peut invoquer, sur ce point, d'autres preuves que la déclaration indivisible de l'accusé.

Attaché par conviction et par sentiment à la légitimité, M. de Kersabiec crut pouvoir, par sa présence, contribuer à la ramener en France. Ce vœu me semblait possible à réaliser, vous a-t-il dit, par un *élan général des masses de la Bretagne et de la Vendée, qui eût pu devenir progressif et général.*

Au reste, on comprend que des armes dans les mains surtout de ceux qui devaient servir de point de départ de cette grande impulsion, étaient une sorte de nécessité. Les quatre cents fusils de l'île d'Elbe n'ont point conquis la France ; mais ils ont permis de s'éloigner du rivage et de donner du cœur aux premiers adhérents.

De la Hautière, où M. de Kersabiec ne vit personne, ne se concerta avec personne, et qu'il quitta le lendemain avec ceux qui s'y trouvaient, comme simple individu, comme simple unité sans commandement et sans influence. Il put juger qu'il fallait abandonner de trompeuses espérances, et en effet quand le succès de ces grandes rénovations est possible, tout l'annonce, tout le proclame, et l'air que l'on respire en est, pour ainsi dire, empreint.

La catastrophe du 18 fructidor était certaine long-temps avant qu'elle fût consommée ; le matin du 18 brumaire, les esprits étaient fixés sur l'issue de la journée. Un homme qui, comme M. de Kersabiec, a passé sa vie dans de cruelles vicissitudes, est guidé par un instinct qui ne le trompe pas, et qui lui disait, dès La Hautière, de regagner en silence sa retraite.

Il existe cependant trois quarts de lieue de La Hautière à la lande des Urgeries, qui, pour la journée du 3 juin, devait être le premier point de rassemblement. M. de Kersabiec s'y rendit ; plusieurs autres s'y rendirent aussi, nous a dit M. de Kersabiec, *sans que leur marche dépendît de la mienne, et sans que la mienne dépendît de la leur.*

Il faut ici faire remarquer que si M. de Kersabiec avait été sans commandement et sans influence à La Hautière, ses observations n'étaient pas de nature à lui faire prendre une part plus considérable à un événement dont il prévoyait le résultat.

Aussi faut-il le croire, lorsqu'il vous dit qu'à la lande des Urgeries il ne s'est mêlé de rien ; et peut-être une parole qui a déjà pour elle l'autorité du caractère de M. de Kersabiec trouvera-t-elle sa preuve. Cette parole, la voici : *Vous faites là de la mauvaise besogne.*

Aux Urgeries, il importe de juger sa conduite, d'examiner quelle a été son intervention, quelle influence légale ou directe il a pu exercer ; c'est ici que nous devons préciser le débat.

Le facteur de la poste rurale est arrêté ; il est conduit devant les chefs : reconnaît-il parmi eux M. de Kersabiec ? Non. Des lettres sont décachetées ; le sont-elles par M. de Kersabiec ? Non. On se passait les lettres de mains en mains ; les a-t-on passées à M. de Kersabiec ?

Non ; le facteur déclare ne pas l'avoir remarqué. On a fait ici une question qui était dans le droit de la direction du débat ; on a demandé si les chefs formaient un cercle ; un cercle, soit, mais M. de Kersabiec a-t-il fait partie du cercle? a-t-il brisé un seul cachet ? Non ; du moins le facteur ne l'en accuse pas.

Le témoin Richard a dit qu'il y avait deux personnes qui décachetaient les lettres : le général et M. de Kersabiec ; cette déposition est grave ; il ne faut pas croire légèrement aux faux témoins ; dans mon opinion ils sont assez rares ; voyons donc. Devant le conseil de guerre, le témoin Richard avait fait la même déclaration qu'à cette audience ; le président du conseil de guerre lui demande s'il reconnaîtrait M. de Kersabiec, et sur sa réponse affirmative, il dit au noble accusé de se lever ; c'était une préoccupation malheureuse, car c'était désigner M. de Kersabiec à Richard ; et cependant le témoin a indiqué M. Guilloré. Examinez les deux accusés, messieurs, et considérez ce que cette erreur peut vous dire. Toutefois, cela s'explique ; on a dit dans le groupe, au témoin, qu'il y avait des chefs, et que M. de Kersabiec était l'un des deux. Le témoin a vu deux personnes décacheter les lettres ; il a appliqué à l'une de ces personnes le nom de M. de Kersabiec ; et plus tard il n'a pas reconnu le Kersabiec de sa pensée dans celui de l'accusation. Ainsi donc cette déclaration est un document impuissant qui ne peut avoir aucune influence sur votre décision. Tout le monde, vous a-t-on dit, a entendu parler de M. de Kersabiec comme de l'un des chefs de l'insurrection ; mais *tout le monde* est le plus grand imposteur qui ait jamais existé ; *tout le monde* est le père de la prévention, et jamais *tout le monde* n'a eu de créance dans un débat criminel.

Les deux receveurs qui ont été arrêtés n'ont pas vu M. de Kersabiec parmi les chefs ; ils ont parlé du jeune aide-de-camp du général absent, mais ils n'ont nullement fait mention de M. de Kersabiec.

Voyons maintenant sa conduite à Maisdon. A Maisdon on a sonné le tocsin ; par l'ordre de qui ? Rien ne prouve que ce soit par l'ordre de M. de Kersabiec. L'ordre représenté au vicaire de Maisdon est signé *Barry ;* ainsi M. de Kersabiec est tout-à-fait en dehors du signal d'alarme. L'accusation dit que c'est M. de Kersabiec qui a fait sonner le tocsin ; d'après les dépositions que vous avez entendues, les charges élevées à cet égard contre M. de Kersabiec sont effacées, et il ne reste que l'erreur de l'accusation.

M. de Kersabiec a tout vu ; il veut retourner à la Marionnière, mais on sent qu'à son âge, à la suite de dix-sept blessures, on doit avoir besoin de repos après un voyage à cheval.

M. de Kersabiec, trop fatigué pour s'acheminer immédiatement vers la Marionnière, entrera dans Maisdon mais ce sera pour y prendre un moment de repos. M. le vicaire de la cure de Maisdon, sorti de sa chambre aux premiers tintements du tocsin, rencontre M. de Kersabiec. On ne trouve pas d'intervalle entre l'entrée dans Maisdon et l'arrivée de M. de Kersabiec à la cure ; aussi la vérité la plus certaine de l'instruction c'est que M. de Kersabiec n'a pas paru sur la place de Maisdon.

Personne, pas un témoin ne l'a vu à Maisdon dans le rassemblement. Une circonstance va bientôt devenir, sur ce point, la plus énergique de toutes les démonstrations ; et certes, si M. de Kersabiec avait pu persister dans les pensées de la veille, son premier soin eût été de se rendre sur la place. Il s'agissait d'encourager ce bourg de Maisdon, dont *presque tous les habitants*, vous a dit un témoin, *sont et mourront carlistes ; ce qui ne les empêche pas d'être honnêtes gens.*

Le rassemblement ne devait donc pas, dans ce premier moment, perdre de sa consistance. La conduite de M. de Kersabiec révèle ce qui se passe dans son âme; les souvenirs de M. le vicaire de Maisdon nous ont, pour ainsi dire, fait lire dans la pensée de mon client. On vient pour lui demander ou des ordres ou des avis, il dit *qu'il ne se mêle de rien*, ce qui se rattache à une parole qu'il avait dite aux Urgeries : *Vous faites de la mauvaise besogne*. M. de Kersabiec annonce le projet d'attendre M. le curé, retenu assez loin par les soins de son ministère; et M. le vicaire apprend que le rassemblement est sur le point de quitter le bourg; ce qui dit assez que M. de Kersabiec ne se proposait pas de le suivre.

Il paraît que l'entrée à Maisdon a eu lieu vers onze heures; que l'attaque à l'improviste faite par les grenadiers a eu lieu vers midi et demi.

Je n'ai pas la folle exigence de demander que l'autorité militaire s'environne, dans les bocages de la Vendée, des sages lenteurs qui ne sont pas toujours observées sur le pavé des grandes villes; mais il me sera du moins permis d'exprimer un regret.

Il est dans l'intérêt public et aussi dans le vœu de la loi que les attroupements, quels qu'en soient la force et le caractère, se dissolvent d'eux-mêmes. Il vaut mieux, en pareille matière, dissiper que punir; et c'est par cette raison que l'autorité doit avertir avant de frapper. Si les sommations préalables, dont la nécessité absolue sans distinction, est imposée par la loi du 27 juillet 1791, par celle du 27 germinal an 4, et qui se retrouve dans celle de 1831, si ces sommations préalables avaient été faites, que serait-il arrivé? Je l'ignore; je serais téméraire de l'affirmer; mais j'ai le droit de penser et de dire, que probablement de grands malheurs auraient été prévenus, et que le procès actuel n'existerait pas.

2

Des coups de fusil... l'attaque des troupes... La fusillade n'était pas un bruit nouveau pour les oreilles de M. de Kersabiec, et vous n'admettrez pas qu'il se soit laissé dominer par un sentiment qui n'est pas français ; mais enfin cette circonstance ne pouvait rien changer, pour M. de Kersabiec, à la résolution prise des landes des Urgeries. Il dit à son domestique de brider les chevaux : il partit.

Une circonstance de la retraite prouve, jusqu'à la dernière évidence, que M. de Kersabiec s'est isolé du rassemblement dès l'entrée dans Maisdon.

Cormerais, qui n'est pas un témoin suspect, a été entendu; et après avoir expliqué qu'il a été arrêté à la lande des Urgeries et conduit à des chefs, qu'on le ramena à Maisdon, qu'il a été requis pour se livrer à l'achat des viandes, et que c'est au moment de la préparation du dîner que les coups de fusil se sont fait entendre, Cormerais a dit : « Je me rappelle qu'en passant la petite rivière de la Moyne, j'ai vu un monsieur âgé à cheval, portant un manteau de toile cirée, dont le cheval s'embarrassa et le jeta dans l'eau. (C'était M. de Kersabiec.) Je l'aidai à se tirer de là, mais je ne voulus point attendre pour l'aider à monter à cheval; je ne le connais pas, je ne sais pas qui il était. »

Cormerais ne reconnaît pas M. de Kersabiec, et cependant à Maisdon Cormerais a sillonné les rassemblements dans tous les sens, il a été partout : M. de Kersabiec n'était donc nulle part.

C'est sur la route que M. de Kersabiec fit la rencontre fortuite de M. Guilloré.

Il est permis d'expliquer par une sorte de communauté d'intérêt ce dévouement de la noblesse à la monarchie qui fut toutefois la source de tant de belles actions sous Charlemagne, sous saint Louis, sous François Ier, sous Henri IV ; mais il faut chercher d'autres interprétations à l'attachement que la grande propriété, que le commerce ont parfois montré à la cause des rois. C'est que là aussi se trouvent des hommes qui comprennent que le pouvoir héréditaire, gardé par ces prestiges, par ces affections, qui sont plus puissantes encore que la force physique et matérielle, peut seul être véritablement protecteur des grands intérêts sociaux; que pour la stabilité des empires, il faut que certains principes soient en dehors des disputes humaines, et que la prospérité des états se développe surtout à l'ombre d'un pouvoir dont l'origine se perd dans la nuit des temps, et à qui l'avenir a été donné par le ciel même. Il est donc assez naturel que M. Guilloré, dont la famille compte depuis long-temps dans le haut commerce de Nantes, et se trouve dès 1646 en possession des honneurs de l'échevinage, ait été conduit vers le point où devait se former un rassemblement par le même motif que M. de Kersabiec.

Le mouvement avait attiré beaucoup de monde à Maisdon. M. Guilloré s'était lui-même dirigé de ce côté. Il a pu dire : *J'ai voulu voir; j'ai vu.* Il est revenu avant l'attaque, et les coups de fusils ne se sont fait entendre qu'après son départ. Il vous l'a dit, messieurs, et sa déclaration fait la loi de la cause. Qui vous a donc fait connaître que M. Guilloré avait été à Maisdon? Personne! Personne ne l'a vu; deux seuls témoins vous déclarent l'avoir aperçu, non pas à Maisdon, mais sur la route; ce qui est fort différent. Il faut donc s'arrêter à l'indivisible déclaration de l'accusé. On retrouve, plus tard, M. Guilloré avec M. de Kersabiec; mais pourquoi donc est-il avec M. de Kersabiec? M. Guilloré, effrayé par le bruit qui courait qu'un mandat d'amener avait été lancé contre lui, crut qu'après la visite de Maisdon, il était sage pour lui de ne pas rentrer à son domicile. Il rencontra M. de Kersabiec; la communauté d'opinions est un lien entre les hommes.

M. Guilloré trouvera chez les enfants de M. Kersabiec un asile transitoire ; ils vont couper la route de Nantes : c'est ici que se placent les circonstances de l'arrestation.

On vous a dit qu'une colonne de garde nationaux suivait la route de Nantes à Aigrefeuille ; on vous a dit aussi que l'exaspération des femmes de ceux qui composaient cette colonne avait été communicative, et bientôt nous en aurons la triste certitude.

C'est à la hauteur de la maison de campagne, dite la Cour-Neuve, vers cinq heures du soir, que MM. Kersabiec et Guilloré sont aperçus par les éclaireurs de la colonne. Le tambour Tessier vous l'a dit ; il ne crut pas devoir battre la caisse, *parce qu'il n'y eut pas résistance.*

MM. de Kersabiec et Guilloré sont dans les mains de la garde nationale ; ils sont désarmés ; et c'est ici, devant vous, messieurs, que d'abominables doctrines ont été professées. On vous a dit que les ordres portaient de donner la mort aux chefs que l'on rencontrerait ! On vous a dit que le meurtre, l'assassinat de deux prisonniers, n'eussent été que l'accomplissement d'un devoir !

Il est une voix souveraine qui nous crie que la mort au milieu des combats se justifie par le sentiment du danger, par l'exaltation que le combat amène, par l'enivrement de la victoire ; mais la mort sans péril ! la mort de sang-froid peut bien être une horrible fête pour une population de cannibales (Marques d'approbation.) ; mais c'est abdiquer les bienfaits de la civilisation que de donner les ordres que l'on invoque devant vous, c'est un crime que de les accepter. C'est alors qu'il faut se rappeler la belle réponse du comte d'Orthez : Magistrats, jurés, hommes de toutes les opinions, honte et mépris aux doctrines de meurtre et d'assassinat qui ont osé se produire dans cette enceinte. (Applaudissements unanimes et prolongés.)

Prisonnier et sans armes (1), M. de Kersabiec se sent percé d'un coup de baïonnette ; son sang coule. On veut le fusiller, et il ne doit la vie qu'à l'intervention courageuse de quelques citoyens généreux. Honneur à M. Ruelland, honneur au sergent Chevallier, leur dévouement, leur énergie a sauvé d'une tache ineffaçable l'habit de la milice armée dans l'intérêt de l'ordre et des lois.

Vous savez, messieurs, que ce n'est qu'après plus de deux heures d'une marche périlleuse que MM. de Kersabiec et Guilloré ont pu trouver un asile dans la prison.

C'est au milieu de ces orages, et sous leur inévitable influence, que se rassemble, non pas le conseil permanent de la division, non pas le conseil proprement dit, mais une commission spéciale, commission temporaire formée pour le jugement de ces sortes de causes, et désignée sous le nom de *conseil de guerre spécial;* tribunal doublement incompétent, et parce qu'il était militaire et parce qu'il était spécial.

Je conçois très bien que dans l'intérieur de l'audience le calme n'ait pas été troublé ; mais au dehors les passions fermentaient, l'exaspération était portée à l'excès, et des cris de mort se faisaient entendre. Des amis ont pensé qu'on ne devait la vérité qu'à ceux dont on peut espérer la justice ; mais qu'on ne la devait ni à l'assassin, ni à l'émeute ; l'émeute, cet épouvantable fléau ! Un tyran, un Néron, s'attendrit ; mais l'émeute, jamais ! L'émeute, c'est le flot qui s'avance, c'est l'incendie, c'est la dévastation ! (2) (Profonde sensation.)

---

(1) Ce fait est devenu constant devant le conseil de guerre comme devant la cour. (*Voir* à la fin de ce plaidoyer la lettre de mademoiselle Mathilde de Kersabiec.)

(2) Voir la belle ode de M. de Lamartine à l'occasion du procès des ministres. C'est un beau monument de poésie, de courage et de générosité.

Ce n'était pas un jugement, c'était une condamnation à mort, que les vociférations de la multitude prétendaient imposer à la conscience des juges. Pendant le délibéré, et au moment où les accusés se retiraient, ils se sont vus poursuivis par des cris d'extermination et de vengeance.

La *Marseillaise*, ce chant sublime devenu trop souvent un cri de destruction et de mort, retentit autour du palais où devaient se peser trois destinées. La décision du conseil fut une sorte de transaction dont la fureur populaire ne se contenta pas. A la nouvelle que le sang des accusés ne coulerait pas, la rage de la populace ne connut plus de bornes. Les champs patriotiques cessèrent pour faire place à d'horribles imprécations; c'était de la rage, du désespoir! Les plus sombres cris dont la révolution nous ait légué les souvenirs se firent entendre, et les projectiles de toute nature, dont la voiture était criblée, n'épargnèrent même pas les gendarmes de l'escorte; et, chose à jamais déplorable, on fit encore une fois à l'émeute l'aveu de sa toute-puissance. Appel de ce jugement fut fait par M. le général Solignac!

C'est la faute de ceux qui gouvernent lorsqu'ils sont forcés d'en venir à des transactions semblables; on songe à désarmer la fureur populaire au lieu de la dompter.

M. de Kersabiec comprit son sort; il vit dans l'appel d'une condamnation déjà si rigoureuse la cassation de son jugement et son arrêt à venir. Il embrassa sa position d'un coup d'œil : il reconnut qu'il n'avait plus qu'à choisir entre la mort sortie du sein d'un peloton et la mort comme le peuple sait la donner. Il ne songea plus dès lors qu'à préparer sa famille à cette affreuse et prochaine séparation.

La voilà cette admirable lettre où vous croiriez voir respirer tout entière l'ame chrétienne prête à s'envoler vers le tribunal suprême :

« 25 Juin 1832 , 3 heures 1/2.

« D'après les détails qu'a bien voulu me donner le bon M. Billault (le défenseur de M. de Kersabiec devant le conseil de guerre), il paraît, mes chers enfants, que le mystère d'iniquité doit se consommer. Ma tête paraît promise à la populace ameutée. Le général Solignac a rappelé ou fait rappeler de ma première condamnation , et me voilà traduit devant un second conseil de guerre, où une condamnation à mort est inévitable , si la populace ne m'assassine pas avant d'y être arrivé. Voilà donc, mes bons amis , le résultat de tant de politesses affectées... Que la volonté de Dieu s'accomplisse !!!

« Priez et faites prier pour moi. J'aimerais , et j'aurais bien de la peine à vous voir..... Je vous bénis tous , mes bons amis, enfants et petits-enfants... J'ai l'espérance, avec la grâce et la miséricorde de Dieu, de rejoindre bientôt votre si bonne et tendre mère. Priez pour nous... Je vous bénis tous derechef et espère mourir sans crainte et sans reproche. Heureux si mon sang suffit aux cannibales qui en demandent l'effusion et peut épargner celui de mes bons compagnons de captivité et d'infortune.

« Je vous embrasse tous comme je vous aime , de toutes les facultés d'un père et du meilleur ami. »

La lecture de cette lettre excite une profonde impression sur tout l'auditoire et sur les jurés ; les larmes coulent involontairement de tous les yeux ; il se fait pendant quelques instants un profond silence, qui n'est interrompu que par les sanglots étouffés des amis de M. de Kersabiec. Tous les regards se dirigent sur lui ; il paraît lui-même vivement ému , et serre affectueusement la main de son défenseur.

Me Hennequin continue : Je ne crois pas, messieurs, que de plus belles paroles aient jamais été tracées par une main humaine ! Eh ! que sommes-nous donc dans cette enceinte, nous qui avons l'ambition et l'espérance d'offrir notre faible appui à des hommes qui expriment de si nobles pensées? que pouvons-nous, orateurs que nous sommes, pour une ame de cette nature? Ah! sa cause est maintenant plaidée devant vous, et il pourrait désormais se passer de mes efforts.

Le conseil de guerre fut convoqué; le jugement qui ne condamnait MM. de Kersabiec et Guilloré qu'à la déportation, c'est-à-dire à la captivité pour la vie, fut annulé. Je tiens à la main un billet de garde où je lis ces mots : « Le jugement d'hier est cassé. » (Mouvement.)

C'est alors qu'intervint l'arrêt de cassation, immense bienfait qui rendit à la juridiction ordinaire tous les accusés promis aux conseils de guerre. Cet arrêt a conduit MM. de Kersabiec et Guilloré devant vous; et c'est un premier bonheur pour eux que celui de vous révéler la vérité tout entière.

Ici, messieurs, j'arrive à une discussion tout-à-fait distincte des faits; je prie la cour de m'accorder quelques instants de repos.

La séance est suspendue pendant quelques minutes.

Mᵉ Hennequin reprend en ces termes :

Avant de poser les questions qui résultent du débat, il est utile de réfléchir sur le principe même qui gouverne cette cause.

Un homme peut rêver le crime; il peut méditer de s'emparer du bien d'autrui ou de faire couler le sang de son semblable, et alors même que des confidences, que des lettres, que des papiers dépositaires de ses plus secrètes pensées viendraient attester de funestes résolutions, il n'y aurait là, en thèse générale, matière à l'application d'aucune loi. Il y a mieux, la résolution de commettre un crime peut être suivie de préparatifs faits pour le commettre, pour en assurer l'exécution, et si l'odieux projet reste dans les termes de préparatifs non suivis d'effets, il n'y a pas encore lieu à répression, et l'intérêt social veut qu'il en soit ainsi. Tant que l'homme livré à de si funestes pensées sent qu'il est encore innocent aux yeux du code pénal, il peut songer à se désister, à repousser loin de lui de dangereux projets; mais s'il sent que déjà la loi criminelle pèse sur lui, pourquoi n'essaierait-il pas de consommer l'acte dont il est déjà responsable au tribunal des hommes. On peut s'arrêter quand on a la certitude d'une quiétude complète ; on poursuit quand on ne court plus que la chance d'une peine plus ou moins grave.

Cette grande latitude laissée au repentir ne se termine que par le premier acte extérieur d'exécution; c'est-à-dire, un acte qui, si le crime était commis, en serait un des éléments constitutifs. Dans l'assassinat du malheureux Fualdès, la tentative a eu lieu dès le moment où l'on s'est emparé de sa personne, et où on l'a conduit sur le lieu où devait se commettre le meurtre. La séquestration de la victime n'est pas encore l'assassinat, c'en est la tentative. Si ces principes, qui sont ceux du droit commun, doivent régir le procès, il n'y aura pas eu de prétextes à l'arrestation de MM. Kersabiec et Guilloré. Voyons dans la thèse tout exceptionnelle du crime de lèse-majesté ce qu'il en peut être.

Une résolution, c'est-à-dire une chose tout intellectuelle, une pensée enfin, peut devenir justiciable de la loi, si elle s'est revêtue de certains caractères.

Ainsi une résolution *concertée* entre plusieurs, et arrêtée, prend le nom de complot; et tous ceux qui ont pris part à cette résolution, c'est-à-dire qui ont *concerté*, *arrêté* avec plusieurs autres la résolution d'agir, sont, d'après la loi, des conspirateurs.

C'est le texte de la loi : « Il y a complot dès que la résolution d'agir a été concertée et arrêtée entre deux ou plusieurs personnes. » (Art. 89, C. P.)

Mais qu'est-ce donc que cet accord parfait, que ce concert dont il est parlé dans la loi?

Le bon sens va le dire.

Plusieurs personnes sont d'accord sur un projet quand elles se sont complètement et parfaitement entendues sur le but qu'il faut atteindre et *sur les moyens d'y parvenir*; et, il faut le dire, les moyens sont le sujet le plus grave de la résolution et de la délibération. Des hommes, mus par une même foi politique, sont bientôt d'accord sur le but : *la république*, *Henri V*; mais les *moyens!* voilà ce qui peut donner lieu aux plus graves dissentiments.

Le passage suivant, que Carnot a extrait du plaidoyer de M. Berville devant la chambre des pairs, dans l'affaire de la conspiration du 19 août, renferme toute la doctrine en matière de complot.

« Le complot défini par nos lois pénales est un crime d'une nature toute particulière, un crime d'exception : en toute autre matière, la justice humaine ne punit que les actes, ici la simple volonté comparaît au tribunal des hommes.

» Mais puisque la volonté est le seul élément du crime, voyons à quelle condition le législateur s'est décidé à déclarer la volonté criminelle.

» Ce que la loi punit est un contrat de société contre la sûreté de l'état; le projet isolé d'un attentat, tant horrible qu'il puisse être aux yeux de la morale, n'est encore rien aux yeux de la loi; mais le pacte d'association pour un attentat, voilà l'objet de son animadversion.

» Ainsi le crime que le législateur veut réprimer, c'est le contrat, c'est l'association. Et qu'est-ce que l'association? qu'est-ce que le contrat? L'unité de volonté, l'unité parfaite, entière, définitive : tant qu'on diffère ou que l'on peut différer sur le but, les conditions, *les moyens*, *les fonctions à remplir*, le pacte n'existe pas, la société n'existe pas.

» L'unité, voilà donc l'essence du complot.

» Lisons la définition du complot, et dans chacune des expressions du législateur nous retrouvons l'idée de l'association.

» Tant que la volonté est encore flottante, point d'association possible, la loi veut une volonté positive, une *résolution*.

» Tant que le but est indécis, point d'association possible, la loi veut que la résolution d'agir soit concertée. Tous ces préliminaires franchis, il n'y a point encore de société, la résolution n'est pas encore définitivement prise; la loi entend encore que la résolution soit arrêtée.

» Aussi le complot n'est qu'un dessein quelconque, tendant d'une manière plus ou moins répréhensible, plus ou moins éloignée à un résultat coupable, c'est la dernière résolution qui touche indirectement à l'attentat.

» Sortons de là, où sera la règle de nos décisions, où nous arrêterons-nous? aujourd'hui, nous condamnerons, comme un complot, une volonté éventuelle, divergente, éloignée; demain, nous condamnerons des désirs vagues, des projets confus; dans huit jours, nous condamnerons de vaines paroles; dans trois mois, nous condamnerons des pensées.

» Reconnaissez donc que la résolution d'agir n'est punissable que, lorsqu'ayant été successivement précisée, communiquée, partagée, concertée, arrêtée, elle est arrivée à ce point de fusion, de centralisation, d'unité qui rassemble toutes les volontés dans une volonté commune et collective, qui ne demande plus de délibération, et qui permet de passer tout de suite à l'exécution. Si, au lieu de cet accord unanime, nous voyons des résistances diverses, des luttes contradictoires, des démarches isolées, des moyens incohérents, nous pourrons reconnaître de l'inquiétude, de la malveillance, mais nous ne reconnaîtrons pas d'association, de contrat, enfin de complot. »

D'après ces paroles si judicieuses et si vraies, il faut qu'il y ait délibération, adhésion.

On a vu des hommes, soumettant leurs opinions personnelles à la majorité, ou à ce qu'ils considéraient comme une autorité sacrée, concourir au succès d'un plan qu'ils trouvaient mal conçu ; mais enfin faut-il qu'il y ait délibération, ou du moins communication et adhésion volontaire. Or, la délibération ou la communication sont des faits de nature à tomber en preuve.

Ainsi, quand le ministère public demande si un accusé s'est rendu coupable d'un complot, s'il est un conspirateur, il demande si cet accusé est convaincu d'avoir *concerté* et *arrêté*, avec plusieurs le projet, la résolution de renverser le gouvernement, et l'on comprend que la seule présence dans les bandes, dans les attroupements, ne résout pas le problème.

On le conçoit :

Une révolution peut s'opérer par plusieurs voies :

1° L'enthousiasme ;

2° La guerre civile ;

Laquelle peut procéder par une guerre de partisans ou par une grande guerre d'agression ? Eh bien ! les hommes de la Hautière, les sages, MM. de Kersabiec et Guilloré, n'ont-ils pas pu compter sur le désespoir des républicains, le mécompte des constitutionnels, et les sympathies d'une foule d'hommes flottant entre tous les partis, mais au fond tous remplis de cet esprit monarchique qui est si naturel aux Français. Une femme héroïque, la fille des rois, qui se fait un jeu de la vie, un enfant dont les premières années ressemblent à celles de Saint-Louis et de Louis XIV ;

cette longue suite d'aïeux illustres ; tant de prospérité, qui
peut renaître sous l'influence d'un principe respecté de tous
les peuples de l'Europe : il pouvait y avoir là de la puissance.
On a pu le croire ; du moins le concours au mouvement
dont on attendait des prodiges ne suppose donc pas autre
chose que la connaissance du mouvement même, et un
mouvement passionné n'est pas un complot. Les grenadiers
qui arrachèrent Bonaparte du conseil des cinq cents, et
qui traversèrent bientôt la salle au pas de charge ; ceux qui
débarquèrent en 1815, et vinrent avec lui apporter à
la France les désastres de Waterloo, n'étaient pas des
conspirateurs ; et, toutes les fois qu'il s'agit d'un grand
mouvement, d'un attroupement, tranchons le mot, d'une
sédition, il faut bien se garder de confondre la loi criminelle avec la loi martiale, et de croire que le verdict du
jury peut frapper autant d'hommes qu'une charge de cavalerie peut en renverser, ou qu'un feu de peloton peut en
atteindre. Pour le jury, il n'y a plus qu'une question, celle
de la stricte application de la loi. Et maintenant je recherche
s'il est établi que M. de Kersabiec ait pris aucune part à un
complot, c'est-à-dire à une délibération ayant pour objet
de concerter et d'arrêter une résolution d'agir.

Le ministère public a dit qu'il était *probable* qu'à la
Hautière M. de Kersabiec s'était concerté avec celui que
l'on s'efforce de signaler comme le chef de l'entreprise,
langage nouveau dans de si graves discussions. Est-ce donc
au nom d'une opinion *probable* que peuvent s'élever un
échafaud et se river des fers ? Le ministère public est de-
mandeur ; qu'il prouve, pour M. de Kersabiec, l'existence
du complot ; il établira, par la déclaration de M. de Kersabiec, et, si l'on veut, par la déposition de Richard, que
M. de Kersabiec était à la Hautière ; mais la communication de la résolution d'agir, le concert, il ne le prouve
pas. Eh bien ! a dit le ministère public, cette preuve di-

recte, que je ne produis pas, je saurai la trouver par voie d'induction. M. de Kersabiec a fait partie du rassemblement, soit aux Urgeries, soit à Maisdon ; comment soutenir qu'il n'était pas initié à tous les plans, à tous les projets, à toutes les espérances de la sédition? Ici, M. le procureur du roi soulève une question fort grave. Est-il vrai que, dans le sens légal du mot, M. de Kersabiec ait fait *partie* d'aucun rassemblement dans les journées des 4 et 5 juin? Je soutiens la négative.

Un délit, quels que soient sa nature et son objet, ne peut résulter que du concours de la volonté et du fait. Sans l'intention, sans la volonté, il ne peut pas y avoir de crime. Aussi le délit prévu par l'article 96 du Code pénal ne consiste pas seulement dans le fait de s'être trouvé au sein d'une bande armée, qui se proposait d'envahir des domaines, propriétés, ou divers lieux publics, il faut encore s'être mis à la tête de la bande, et y avoir exercé un *emploi.*

Et pourquoi? C'est que le hasard, le malheur des circonstances peuvent avoir jeté, contre son gré, contre sa volonté, un individu dans l'une de ces bandes, tandis que le commandement ou l'emploi sont des preuves d'adhésion et de volonté.

La même réflexion s'applique à ceux qui ont dirigé l'association, organisé ou fait organiser les bandes, comme à ceux qui ont pratiqué des intelligences pour faciliter leurs opérations.

Il est vrai que la nécessité de l'*emploi* ou du *commandement* n'est plus exigée dans le cas de l'article 97, c'est-à-dire lorsque les bandes ont exercé ou tenté d'exercer les crimes prévus par les articles 85, 86, 87 et 91 du Code pénal. Alors il suffit d'avoir *fait partie de ces bandes* et d'être saisi sur le lieu pour être puni de la déportation, et des entraves de la surveillance si l'arrestation a été effectuée hors des lieux de la réunion séditieuse, sans résistance et sans armes.

Mais du moins faut-il avoir fait *partie* de ces bandes.

Et il est possible de se trouver mêlé à un groupe sans en faire partie dans le sens légal du mot; et d'abord il est possible que la présence soit purement fortuite et accidentelle, et c'est ce que dit formellement M. Carnot :

« Mais pour rentrer dans l'application de l'article 97, les individus arrêtés sur le lieu doivent avoir fait partie des bandes; il ne suffirait pas qu'ils s'y fussent trouvés *accidentellement;* d'où il suit qu'il doit être fait une mention expresse au jugement de condamnation de la circonstance que l'accusé faisait partie des bandes; car, *en exigeant que l'accusé en ait fait partie, le législateur a nécessairement supposé que l'on aurait pu se trouver sur les lieux sans en avoir réellement fait partie, c'est-à-dire sans être entré dans leur organisation.* »

Oui, c'est là le principe dans toute sa généralité.

Oui, on peut être sur les lieux, on peut être entouré physiquement, matériellement par le rassemblement, sans en faire *moralement partie.* M. Carnot a parlé d'un accident, d'un cas fortuit; mais une volonté qui n'est pas celle de se mêler au rassemblement dans le sens moral du mot, d'en faire une partie constitutive, a pu conduire un homme au lieu d'une insurrection.

A part la curiosité qui a sans doute agi sur un grand nombre de ceux qui se sont rendus aux Urgeries, il est un motif d'honneur et de position. Un ancien royaliste restera-t-il donc immobile quand tout s'émeut autour de lui? ne va-t-il pas voir quelle est la nature du rassemblement qui se forme dans le voisinage, et si, comme on l'a dit, un élan ne va pas porter la mère de Henri V du sein de la Vendée aux Tuileries? ne viendra-t-il pas même y prendre part? Qui ne conçoit la honte attachée à cette impassibilité qui ne veut pas même interroger les faits, et qui craint de se convaincre de la possibilité d'un succès et de la nécessité d'un concours. Il est incontestable que la connaissance du fait était le premier élément de la délibération ; mais pour connaître ici, il fallait aller jusqu'aux Urgeries, il fallait s'y rendre en personne.

Comment distinguer, dira-t-on, l'observation qui délibère encore, de la résolution qui adopte, qui adhère, qui veut faire *partie* ? Le guide se trouve dans un fait moral qui ne permet pas de s'égarer.

Il faut être entré dans l'organisation des bandes, dit M. Carnot.

Or, il est résulté de l'instruction deux propositions :

La première, que M. de Kersabiec et M. Guilloré n'ont agi ni comme chefs ni comme subordonnés ;

La seconde, qu'à Maisdon l'un et l'autre s'est tenu à l'écart du rassemblement.

Que si l'on veut dire que M. de Kersabiec, par son âge, par les antécédents honorables de sa vie, ne pouvait pas être là sans compter parmi les principaux, je l'admettrai ; mais le commandement est un fait qui se reconnaît à d'autres signes. Plus même M. de Kersabiec était important, plus il était naturel de l'appeler à la préparation d'un complot, s'il y en eut jamais un, plus on reste convaincu, en le voyant dépouillé de tout commandement, que l'on avait compris la nécessité de ne l'initier à aucun secret.

Que reste-t-il donc à l'accusation ? L'arrestation, le seul fait de l'arrestation ; et ce fait que pourrait-il donc prouver ? Ici j'accepte toutes les hypothèses de l'accusation. Voulez-vous que M. de Kersabiec et ses deux compagnons aient voulu se soustraire aux investigations dont on les menaçait, qu'ils aient changé d'allure, qu'ils aient fui ? Eh bien ! qu'importe encore ! M. de Kersabiec avait dû se préparer pour une hypothèse possible : il avait avec lui plus d'argent que n'en réclamait un voyage de quarante-huit heures, une carte de Cassini, et surtout une aigrette blanche. Parlons avec franchise. Si du fond de la Vendée, le drapeau de Bouvines et de Rocroy avait été reporté sur le palais des Tuileries, alors.... Mais alors.... L'aigrette blanche en avant...! Où sont les écharpes de la restauration ?... Procurez-moi donc des fleurs de lis... Et combien d'hommes aux trois couleurs seraient maintenant d'une éclatante blancheur! (Approbation; hilarité.) Oui c'est bien là ce que tout le monde sait être la vérité. Les choses n'avaient pas suivi ce mouvement, et sans doute alors il était prudent d'éviter tout examen; mais aussi c'est pour cela même qu'il fallait se maintenir au pas. La fuite ne pouvait qu'éveiller les soupçons et provoquer la poursuite. L'arrestation ne prouve rien, quelles que soient les circonstances qui l'aient accompagnée.

Ainsi rien n'appuie, ne justifie l'invocation de l'article 89

Point de complot.

Cette proposition emporte implicitement la résolution de la question de savoir si M. de Kersabiec s'est livré à des préparatifs, en d'autres termes, s'il s'est rendu coupable d'un complot suivi d'actes commis ou commencés pour en préparer l'exécution.

La condition nécessaire des préparatifs dont parle l'article 89 est l'existence du complot. Nul ne peut être condamné pour avoir préparé l'exécution d'un complot qu'il ne connaissait pas. Les préparatifs, qui ne sont rien dans l'ordre du droit commun, ne deviennent quelque chose dans l'ordre du droit politique que par leurs relations avec le complot dont ils devaient assurer l'exécution. Point de complot, point de préparatifs dans le sens du Code pénal.

Point de complots, point de préparatifs, encore moins d'attentats. Toutefois il est un devoir que je dois remplir : c'est celui de vous faire observer qu'aucune violence ne

peut être imputée aux hommes qui m'ont confié leur dé-
fense.

Je n'ai pas examiné la question de complot par application à M. Guilloré; mais c'est que je ne comprends plus
sa présence sur les bancs de l'accusation, et si je vous parle
peu de lui, ce n'est pas que je l'oublie, mais c'est que je
ne le retrouve jamais.

Vous savez, messieurs, que le ministère public a pris
soin d'éliminer du procès, par son silence, l'article 96, qui
traite de l'envahissement des propriétés publiques et com-
munales, et l'article 382, qui protége les propriétés
privées.

Des scènes affligeantes ont eu lieu le lundi 4 juin dans la
commune de Maisdon, ou à la Chapelle-Heulin, ou au
village de Lanion, *dès le grand matin;* mais il est avéré
et démontré par l'heure même de ces événements que
MM. de Kersabiec et Guilloré y sont absolument étran-
gers.

En définitive, le jury, consulté sur l'application des articles 87, 88, 89, 91, 92, 96 et 382, ne peut trouver dans
sa conviction intime, dans sa conscience que des résolutions négatives.

Et quel utile renseignement va ressortir de ce mémorable procès !

Tumultueuse, cruelle, insensée, l'émeute ose quelquefois se vanter d'agir dans le sens des lois. S'il faut en
croire ceux qui la dirigent et qui l'animent, ce sont des
crimes qu'elle veut punir, et le bourreau seul pourrait se
plaindre des exécutions prématurées qui ne font après tout
que déshériter l'échafaud.

Eh bien ! que l'innocence proclamée de mes clients,
dont la vie fut si long-temps condamnée par l'égarement
populaire, vienne arracher à la séduction, à la fureur, ses
odieux arguments ! Que les hommes généreux qui appa-

raissent quelquefois au milieu de ces sanglantes saturnales comme des génies protecteurs, puissent s'autoriser de ce mémorable exemple !

Sauvons aussi ces justiciers des carrefours et des grandes routes, qui ne savent pas, lorsqu'ils se baignent dans un sang qu'ils n'ont pas le droit de répandre, que cette horrible satisfaction leur laissera, pour tout le reste de leur vie, d'intolérables remords.

Oserais-je, au milieu de ces grands intérêts, appeler votre attention sur moi-même ? MM. les jurés, les accusés sont pour ma profession des êtres sacrés ; mais s'il s'agit de défendre des hommes que les plus nobles sentiments animent, si les familles qui les environnent sont dignes de vénération et d'amour, quelle ne devient pas, jusqu'au moment suprême, l'anxiété de leur défenseur ! Succomber alors reste un malheur de toute la vie, et ce danger m'attendait dans cette ville. Je ne me livrerai pas ici, messieurs, à d'inutiles apologies ; je ne vous dirais rien que la notoriété vous ait appris. Auprès de l'un de ces accusés j'ai trouvé une épouse dévouée, auprès de l'autre, une personne dont on ne s'approche pas sans se croire en présence de la piété filiale elle-même. Messieurs les jurés, elles sont ici, elles m'entendent ; elles auront le courage d'attendre votre arrêt ! Eh bien ! que cet arrêt ne leur dise pas que j'ai trahi leurs plus chères espérances, que je n'ai pas su me rendre un digne interprète de leurs pensées, et que l'impuissance de mon zèle les a condamnées à d'inconsolables douleurs.

Cette plaidoierie, prononcée avec l'accent de la conviction, a fait une vive impression sur l'auditoire. De nombreuses marques d'approbation se font entendre dans les diverses parties de la salle; M⁰ Hennequin reçoit les témoignages non équivoques de félicitations des membres du barreau, et des nom-

breux spectateurs qu'avaient attirés l'importance du procès
et la réputation du défenseur.

MM. Kersabiec et Guibourg ont été acquittés.

---

*Lettre de mademoiselle Mathilde de Kersabiec au rédacteur de
l'Ami de la Charte.* (Voir page 21.)

Nantes, le 21 juin.

Monsieur le rédacteur,

J'ai lu dans les numéros de votre journal des 4 et 6 juin
deux articles concernant M. de Kersabiec mon père. Voulant que la vérité soit publiée et connue de tout le monde,
j'emploie la voie même de votre journal pour démentir ce
qu'il y a de faux et d'inexact dans les faits même que vous
rapportez.

Vous dites dans votre numéro du 4, et vous l'avez répété
une autre fois depuis, que mon père a reçu sa blessure à
Maisdon : cela est faux. Mon père a reçu le coup de bayon-
nette au moment où, désarmé et ne faisant aucune résistance, il remettait à un de messieurs les gardes nationaux
les effets qu'il avait sur lui. Le coup devait être mortel, il
a été atténué par un homme généreux dont la franchise et
la loyauté viendraient, j'en suis sûre, si cela était nécessaire, confirmer ce que j'avance.

Vous dites encore, monsieur, que mon père a été pris,
armé de toutes pièces; ce sont vos expressions. Mon père
avait dans les fontes de sa selle une paire de pistolets d'ar-
çon, et sur lui une paire de pistolets de poche. Voilà, monsieur, *toutes les pièces.* Au reste, mon père a été militaire
toute sa vie et en a conservé toutes les habitudes. Dans

tous les temps, dans toutes les circonstances il eût été arrêté ayant ses pistolets dans ses fontes.

Comment qualifierais-je la note outrageante que vous ajoutez en parlaut de la conduite de mon père en 1815? Où sont-ils, monsieur, ceux qui assurent ce que ma plume ne veut pas répéter? Est-il honorable de calomnier un homme dans son honneur, lorsque cet homme est détenu, blessé et hors d'état de répondre lui-même à ceux qui l'accusent. Eh bien ! moi, monsieur, je vous citerais des gens de votre opinion, mais hommes d'honneur, qui pourraient vous parler de l'humanité de mon père et dire si, d'après sa conduite à cette époque, il doit éprouver des remords.

Je n'aurais jamais pensé, monsieur, que je serais un jour obligée d'écrire dans vos colonnes, mais il s'agit de justifier mon père de soupçons abominables, et j'ai dû rejeter toute autre considération.

Je vous engage, monsieur le rédacteur, dans l'intérêt général, à être désormais plus exact et plus mesuré dans les écrits que vous pourrez faire.

Voulant que le public sache la vérité pour ce qui regarde mon père, je vous prie, monsieur, et vous somme au bebesoin d'insérer ma lettre dans votre plus prochain numéro.

Mathilde de Kersabiec.

www.ingramcontent.com/pod-product-compliance
Lightning Source LLC
Chambersburg PA
CBHW060856180626
46818CB00004B/1727